スポーツのおはなし テニス

テニスキャンプをわすれない！

福田隆浩《ふくだたかひろ》 作　　pon-marsh《ぽんまーしゅ》 絵

講談社

「もうテニスやめたい！」

夜《よる》の９時《じ》をすぎようとしています。

こっそり部屋《へや》をぬけだしたサオリは、ロビーの公衆電話《こうしゅうでんわ》から、家《いえ》に電話《でんわ》をかけています。

「だって、上手《じょうず》な子《こ》ばっかりなんだよ。」

サオリは泣《な》きべそをかいています。

がまんしようと思《おも》っても、なみだがぽろぽろと流《なが》れおちます。

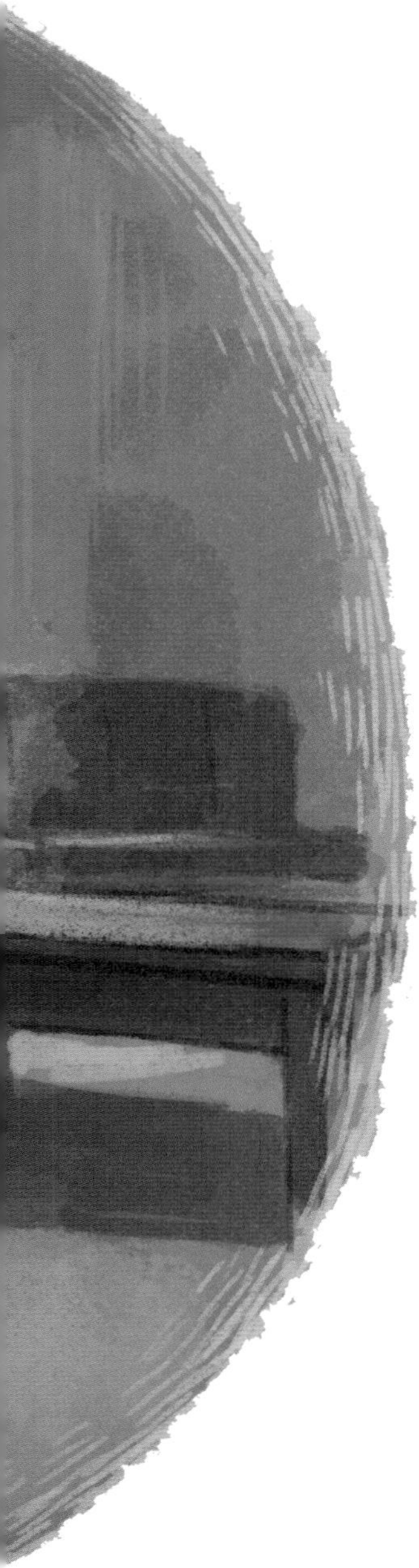

「サオリ、自信《じしん》もたなきゃ。一日目《にちめ》が終《お》わっただけなんでしょ？」

電話《でんわ》のむこうでは、ママが一生懸命《いっしょうけんめい》にはげましてくれています。けれど、サオリのなみだはとまりそうにありません。

サオリは今《いま》、二泊三日《はくみっか》のテニス合宿《がっしゅく》に参加《さんか》しています。

合宿《がっしゅく》の名前《なまえ》は、夏休《なつやす》みジュニア・テニスキャンプ。いろんなテニスクラブからやってきた小学生《しょうがくせい》が、いっしょに練習《れんしゅう》をするとくべつなテニス合宿《がっしゅく》です。

会場《かいじょう》は、テニスで有名《ゆうめい》な、歴史《れきし》のあるホテル。きれいなテニスコートがいくつもあって、テニスの大会《たいかい》もひらかれるところです。

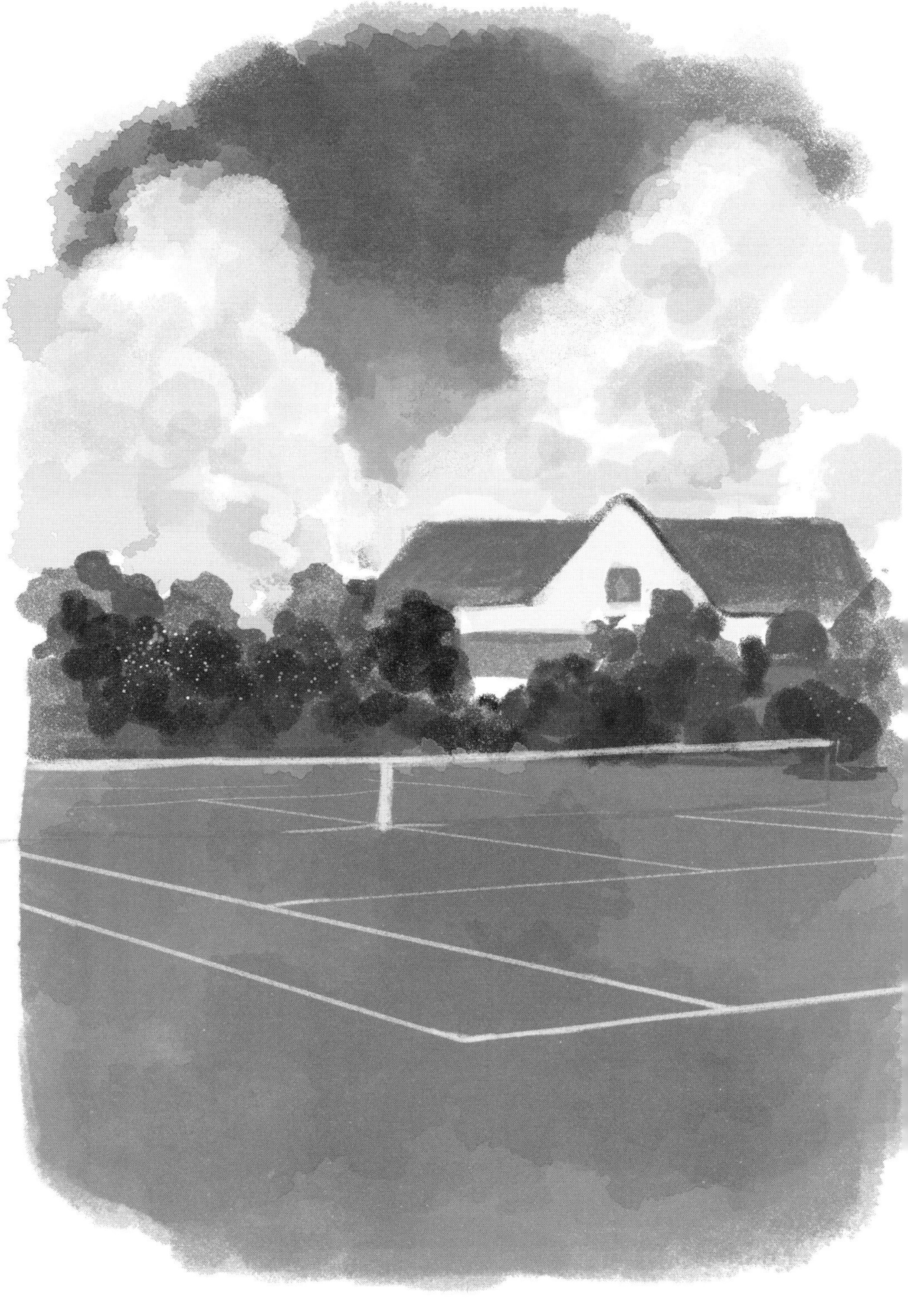

「サオリは才能《さいのう》があるって、木村先生《きむらせんせい》もおっしゃってたじゃないの。でも、気《き》が弱《よわ》いところがあるから、このキャンプがいい勉強《べんきょう》になるって。だから、小《しょう》3だけど、とくべつにキャンプに推薦《すいせん》してくれたのよ。」

「それは、わかってるけど……。」

木村先生《きむらせんせい》というのは、サオリが小《ちい》さいときからかよっているテニス教室《きょうしつ》のコーチです。

さいしょは気《き》がすすまなかったサオリでしたが、先生《せんせい》の熱《ねっ》心《しん》なすすめもあって、キャンプに参加《さんか》することにしたのでした。

ところが、いざきてみると、小《しょう》5とか小《しょう》6の上級生《じょうきゅうせい》ばかりで、しかも、どの子《こ》もびっくりするくらいにテニスが上手《じょうず》なのです。

キャンプ一日目《にちめ》で、サオリは、すっかり自信《じしん》をなくしてしまったのでした。

「とにかく、最後《さいご》までがんばりなさい。いい？　できる？」

ママのはげましの声《こえ》を聞《き》いたら、さすがにもう、いいかえせなくなりました。

「うん……わかった。」

まだ泣《な》きながらでしたが、サオリはしかたなく電話《でんわ》を切《き》ったのでした。

ロビーはうす暗《ぐら》くて、しんと静《しず》まりかえっています。あまりの心細《こころぼそ》さに、サオリはいそいで部屋《へや》にもどろうとしました。ところが、あわてすぎたのか、ロビーにおいてあったかざり棚《だな》に、すこしだけ肩《かた》をぶつけてしまいました。

それは、ガラスばりのかざり棚《だな》で、なかにはいろんなものがならべられています。

テニスで有名《ゆうめい》なホテルだけあって、サイン入《い》りのラケットやボール、額《がく》に入《はい》った写真《しゃしん》もたくさんかざられています。

そのときでした。

「こらこら、気《き》をつけてくれたまえ。そこには大事《だいじ》なものがおいてあるんだからね。」

いきなりひくい声《こえ》が聞《き》こえてきました。

おどろいてふりかえると、スーツ姿《すがた》の品《ひん》のよさそうなおじいさんが立《た》っています。

かた手《て》でステッキをつき、頭《あたま》には中折《なかお》れ帽《ぼう》、鼻《はな》の下《した》には白《しろ》い口《くち》ひげをはやしています。

「ご、ごめんなさい！」

サオリはすぐにあやまりました。おそい時間《じかん》でしたし、しかられると思《おも》ったのです。

けれど、その人《ひと》はサオリにやさしく話《はな》しかけてきました。

「きみはテニスキャンプにきている子《こ》かな？　いったいぜんたい、どうしてこんなところで泣《な》いているのかな？」

「え、あ、あの……。」

はじめはごまかそうとしていたサオリでしたが、気《き》づいたときには、いろんなことを話《はな》してしまっていました。

テニスキャンプにきたけど、自信《じしん》をなくしてしまったこと。やっぱり、こなければよかったと後悔《こうかい》していること。不《ふ》安《あん》で不安《ふあん》でしようがないこと……。

おじいさんは、ほほえみながら、じっと話《はなし》を聞《き》いてくれていました。そして、ふむふむとうなずいたかと思《おも》うと、

「なるほど。では、ボクが手《て》だすけをしてあげよう。」

そういったのでした。

「手《て》だすけ……?」

「なに、かんたんだよ。ボクが、とくべつコーチになってあげよう。」

「とくべつコーチ?」

「そういうこと。もちろんこのキャンプには専属《せんぞく》のコーチたちがそろっている。けれど、ボクのようなコーチこそ、きみには必要《ひつよう》かもしれないからね。」

そして、おじいさんは口《くち》ひげをなでながら、にっこりと笑《わら》ったのでした。

「そうと決《き》まったら、今日《きょう》はもうおそい。部屋《へや》にもどってゆっくりと眠《ねむ》りなさい。あしたから、いろいろいそがしくなるからね。」

「あの……おじいさんは、いったいだれなんですか？」

思《おも》いきってサオリはたずねました。

「そうだねえ、テニス好《ず》きのおじいさんってことにしておこうかな……。イチさんってよんでくれればいいよ。知《し》り合《あ》いは、昔《むかし》からそうよんでいるからね。じゃあ、サオリくん、おやすみなさい。」

そういうと、おじいさん、いいえ、イチさんはくるりと背《せ》をむけ、ロビーのおくへと歩《ある》いていってしまいました。

（サオリくん……。え、どうして、わたしの名前《なまえ》を知《し》ってたの？）

首《くび》をかしげたサオリは、自分《じぶん》がいつのまにか泣《な》きやんでいたことに気《き》づいたのでした。

二日目《ふつかめ》のテニスキャンプがはじまりました。

朝《あさ》から青空《あおぞら》が広《ひろ》がり、夏《なつ》の日《ひ》ざしが照《て》りつけています。

朝《あさ》の9時《じ》。テニスコートにはキャンプ参加《さんか》の小学生《しょうがくせい》たちが、やる気《き》まんまんで集《あつ》まっています。

「ねえ、知《し》ってる？　キャンプの最後《さいご》にサプライズのゲストがくるかもって。」

にぎやかにそんな話《はなし》をしている子《こ》もいます。

「知《し》ってる知《し》ってる。もしかしたら、立花良介選手《たちばなりょうすけせんしゅ》かもしれないってよ。だって、立花選手《たちばなせんしゅ》は、子《こ》どものころ、このキャンプに参加《さんか》してたんだって。」

けれど、サオリはといえば、そんな話《はなし》を耳《みみ》にしても、まだおちこんだままです。

ため息《いき》をつくと、ようやくコートのなかへと目《め》をむけました。

「わわっ!」

サオリは声《こえ》をあげてしまいました。

帽子《ぼうし》にスーツ姿《すがた》のイチさんが、ステッキをかた手《に》に、なんとコートのまんなかにどうどうと立《た》っていたのです。

「さあ、約束《やくそく》どおり、とくべつコーチをさせてもらいますよ!」

イチさんは、サオリを見《み》つけると大《おお》きな声《こえ》でよびかけました。
けれどサオリは、恥《は》ずかしさのあまり、みんなのかげにそっとかくれたのでした。
それにしても、イチさんのあのどうどうとした姿《すがた》は、さすがにおどろきです。
（そうか。イチさんって、このテニスキャンプの関係者《かんけいしゃ》なんだ……。）
サオリはそう思《おも》ったのでした。

「ウォーミングアップから
はじめるぞ！」
みんなに号令《ごうれい》をかけたのは
中里《なかざと》コーチです。
日《ひ》に焼《や》けたこわそうな人《ひと》で、
このテニスキャンプの
チーフコーチでした。
まずは、ランニングと
ストレッチ。そして、
コートのラインからラインを、
くりかえし走《はし》る

ダッシュがつづきます。
（うわっ、
これ、きつい……。）
まだはじまった
ばかりだというのに、
サオリはもう
汗《あせ》びっしょりです。
ふと見《み》ると、
イチさんは楽《たの》しそうに
コートのなかを
歩《ある》きまわっています。

「じゃあ次《つぎ》は、基本《きほん》ストロークの練習《れんしゅう》に入《はい》る。正確《せいかく》な打《う》ちかたをしっかりと身《み》につけよう！」

きのうにつづいて、基本練習《きほんれんしゅう》のスタートです。

みんなは、コートの決《き》められた場所《ばしょ》にならび、順番《じゅんばん》にコートのなかに入《はい》ります。

「フォームに注意《ちゅうい》すること。力《ちから》ずくで打《う》っちゃだめだぞ！」

ネットのむこうから、中里《なかざと》コーチがつぎつぎにボールを打《う》ちこみ、そのボールを正《ただ》しく打《う》ち返《かえ》さなくてはいけません。

いよいよサオリの番《ばん》です。

サオリは、頭《あたま》のなかで打《う》ちかたのイメージを思《おも》いうかべました。

利《き》き手《て》がわにきたボールを打《う》つことを、
フォアハンドストロークといいます。
これには自信《じしん》があります。
右利《みぎき》きのサオリは、左足《ひだりあし》を
前《まえ》にふみだしながら、右手《みぎて》の
ラケットを後《うし》ろにひきます。
そして、こしをひねりながら、
いきおいよくボールを打《う》ち返《かえ》します。
テニス教室《きょうしつ》の木村先生《きむらせんせい》も、サオリの
フォアハンドはコントロールが
いいといつもほめてくれていました。

けれど、苦手《にがて》なのは、利《き》き手《て》の反対《はんたい》がわにきたボールを打《う》

つバックハンドストロークです。

サオリは両手《りょうて》を使《つか》って打《う》つのですが、タイミングが合《あ》わず、すぐにボールをネットにかけてしまいます。

「そんな打《う》ちかたじゃだめだ！　最後《さいご》までボールから目《め》をはなさない！」

コーチからきびしい注意《ちゅうい》がとびます。

「は、はい。」

サオリは、一生懸命《いっしょうけんめい》に打《う》っているのですが、ボールは、ねらったところにとんでくれません。

（ど、どうしよう……。）

あせればあせるほど、ミスばかりがつづきます。

「右足《みぎあし》をもう半歩《はんぽ》ふみこみなさい。」

はっと気《き》がつくと、イチさんがすぐそばに立《た》っています。にこにこと笑《わら》いながら、ステッキでサオリのラケットをさしています。

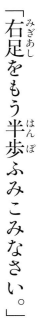

「水《みず》かけのイメージだよ。バケツを両手《りょうて》で持《も》って、えいや！　と水《みず》をかけるすがたを想像《そうぞう》するんだ。足《あし》もとじゃないよ。数《すう》メートル先《さき》にある立派《りっぱ》な植木《うえき》にむかって、バケツでたっぷりと水《みず》をかけてあげるんだ。」

（バケツで水《みず》かけ？）

ちょうどボールがとんできました。

サオリは、イチさんのいうとおりにラケットをふりました。

右足《みぎあし》を半歩《はんぽ》よけいにふみこみ、数《すう》メートル先《さき》の植木《うえき》にたっぷりとバケツで水《みず》をかけるイメージで……。

打《う》ち返《かえ》したボールは、コートをななめに切《き》りさくようにしてとんでいきました。

「おー、ナイスショット！　その打《う》ちかたでいいんだ！」

ネットのむこうの中里《なかざと》コーチが、おどろきの声《こえ》をあげました。

サオリはふりかえり、イチさんを見《み》ました。イチさんは、まんぞくげにうなずいています。

そのあとも、サオリが困《こま》っているたびに、イチさんは近《ちか》くにやってきてくれました。そして、いろんなアドバイスをしてくれました。

サオリがそのアドバイスどおりに打《う》つと、びっくりするくらいのボールを打《う》ち返《かえ》せるようになりました。

「イチさんって、すごい人《ひと》なのかも……。」

練習《れんしゅう》のとちゅうで、サオリはそうつぶやいたのでした。

強《つよ》い太陽《たいよう》の日《ひ》ざしがじりじりと照《て》りつけています。

けれど、もちろん午後《ごご》も練習《れんしゅう》はつづきます。

「今《いま》から、みんなには、シングルスの試合《しあい》をしてもらう。1セットだけの試合《しあい》だが、全力《ぜんりょく》でぶつかるように！」

中里《なかざと》コーチがそうみんなに伝《つた》えると、サオリは急《きゅう》におちつかなくなりました。

ふたり組《ぐみ》でたたかうダブルスの試合《しあい》なら、そう心配《しんぱい》ではありません。

ですが、たったひとりでたたかうシングルスの試合《しあい》となると、たちまち不安《ふあん》がつのってきます。

（どうしよう……。）

いまにも泣《な》きだしそうな気分《きぶん》になりました。

試合《しあい》の組《く》み合《あ》わせが読《よ》みあげられました。

サオリがたたかうのは、本田《ほんだ》さんという5年生《ねんせい》の女《おんな》の子《こ》です。

本田《ほんだ》さんは、体《からだ》も大《おお》きくて見《み》るからに気《き》が強《つよ》そうな子《こ》です。

年下《としした》のサオリが相手《あいて》になったのが不満《ふまん》なのか、さっきから、こちらをじっと見《み》ています。

（本田《ほんだ》さん、なんか怒《おこ》ってるみたい……？）

おどおどしながらコートに入《はい》ったサオリでしたが、試合《しあい》がはじまると、いいショットがつづけざまに決《き》まりました。

（これって、イチさんのおかげかも……。）

サオリは思《おも》いがけない展開《てんかい》に、自分自身《じぶんじしん》、びっくりしていました。

あっというまにポイントをかさね、試合《しあい》をリードしていきました。

けれど、やはり相手《あいて》は上級生《じょうきゅうせい》です。

回転《かいてん》のかかったショットを次《つぎ》から次《つぎ》に決《き》め、サオリをおいつめはじめました。

そんなとき、本田《ほんだ》さんが打《う》ったボールがふわりと宙《ちゅう》にまいあがりました。どうやら、ミスショットみたいです。

(やった！　チャンスボール！)

サオリは、ボールを追《お》いかけ、相手《あいて》コートに、すかさずスマッシュを打《う》ちこみました。

「あっ！」
サオリはおどろきの声《こえ》をあげました。
いつのまにか、本田《ほんだ》さんがネットのすぐ近《ちか》くまで走《はし》りこんでいたのです。
「あぶない！」

サオリの打《う》ったボールは、本田《ほんだ》さんの顔《かお》をかすめるようにしてとんでいきました。

「ちょっと、あなた、なにするのよ！」

本田《ほんだ》さんは、大声《おおごえ》をあげて、サオリにくってかかります。

「わざとねらったわね！　ふざけないでよね！」

「そ、そんな、わざとだなんて……。」

あまりのけんまくに、サオリはうまくいいかえすことができません。

顔《かお》は青《あお》ざめ、なみだがにじんできました。

見《み》かねたコーチが声《こえ》をかけ、しばらくして試合《しあい》は

またはじまりました。
けれど、そのあとの試合《しあい》は
サオリにとっては、
とにかくひどいものでした。
サーブもレシーブも、
ミスばかりをくり返《かえ》しました。
次《つぎ》から次《つぎ》にポイントをうばわれ、
あっというまに逆転負《ぎゃくてんま》けしてしまったのでした。
試合《しあい》が終《お》わり、コートを出《で》たサオリは目《め》になみだをうかべています。
自分《じぶん》がなさけなくてしかたありません。

「ドンマイ、ドンマイ。次《つぎ》がんばろう！」

みんなは明《あか》るく声《こえ》をかけてくれます。

けれどサオリは顔《かお》をあげることができません。とうとう、にげるようにその場《ば》をはなれてしまったのです。

「このままだときみは、勝《か》てる試合《しあい》も勝《か》てないままかもねえ……。」

ふりかえると、いつのまにきていたのか、イチさんがすぐそばに立《た》っています。

そして、こうつづけたのでした。

「あしたの朝《あさ》、6時《じ》。ホテルの玄関《げんかん》で待《ま》ってるからね。サオリくんに見《み》せたいものがあるんだよ。」

「え？　6時《じ》って、それいったい……。」

わけがわからず、サオリはあわててたずねました。

けれど、もうそのときには、イチさんは背中《せなか》をむけて歩《ある》き出《だ》しています。

「あれ……。」

サオリは目《め》をこすりました。

背中《せなか》がゆれたかと思《おも》うと、イチさんの姿《すがた》はいつのまにか消《き》えさっていたのでした。

次《つぎ》の日《ひ》の朝《あさ》がきました。
(どうしようかな……。)
すこしなやんでいたサオリでしたが、気《き》がつけば、朝早《あさはや》くに目《め》をさましていました。
イチさんのいったことが、やっぱり気《き》になってしかたがなかったのです。
(見《み》せたいものって、なんなんだろう?)
着《き》がえをすませると、そっと部屋《へや》をぬけだしました。
(本当《ほんとう》に玄関《げんかん》にいるのかな……。)
けれど、そんな心配《しんぱい》はいりませんでした。
「さあ時間《じかん》がない。さっそくでかけよう。」

玄関《げんかん》に出《で》ると、そこにはもう
イチさんがあたりまえのように
待《ま》っていました。
そして、「ついておいで。」
と、ステッキをふりながら
歩《ある》きはじめたのです。
（いったい、どこにいくんだろう？）
しばらくすすむと、ホテルの
となりの敷地《しきち》にたどりつきました。
そこにもテニスコートがあって、
さっきからテニスボールを打《う》つ音《おと》がひびいています。

どうやら、だれかがテニスをしているみたいです。

「ここは大学《だいがく》のテニスコートなんだ。早朝練習《そうちょうれんしゅう》がはじまったみたいだね。」

そういうと、イチさんはコートに近《ちか》づき、コート横《よこ》の観客《かんきゃく》席《せき》にこしをおろしました。

「よく見《み》てなさい。あの子《こ》は大谷選手《おおたにせんしゅ》。きみに必要《ひつよう》なものをちゃんともっている人《ひと》だから。」

コートに目《め》をむけたサオリは、おどろきました。

そこでテニスをしていたのは、車《くるま》いすにのった女《おんな》の人《ひと》だったからです。

コーチらしい男《おとこ》の人《ひと》が次《つぎ》から次《つぎ》にボールを打《う》ちこんでいま

す。
そのボールを、女《おんな》の人《ひと》が
車《くるま》いすをあやつりながら、
みごとに打《う》ち返《かえ》していきます。
(車《くるま》いすテニスの選手《せんしゅ》なんだ……。)
サオリも車《くるま》いすテニスのことは
知《し》っていました。けれど、
じっさいに見《み》るのははじめてです。
(うわ、すごい……。)
それは想像《そうぞう》以上《いじょう》に
はげしいものでした。

大谷選手《おおたにせんしゅ》は、かた手《て》にラケットを持《も》ったまま、車《くるま》いすをすばやく動《うご》かします。

そして、打《う》ちこまれたボールをおどろくようなはやさで追《お》いかけていきます。

車《くるま》いすがきしみ、タイヤがにぶい音《おと》をたてています。

大谷選手《おおたにせんしゅ》は車《くるま》いすを急回転《きゅうかいてん》させたかと思《おも》うと、体《からだ》をひねりながら、みごとなバックハンドで打《う》ち返《かえ》しました。

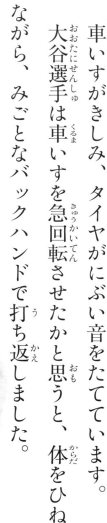

けれど、いきおいがつきすぎたのか、車《くるま》いすのかたほうの車輪《しゃりん》がいっしゅん、うきあがったように見《み》えました。

「あぶない！」

立《た》ち上《あ》がり大声《おおごえ》をあげたサオリは、コートの大谷選手《おおたにせんしゅ》と目《め》が合《あ》いました。

大谷選手《おおたにせんしゅ》の目《め》には強《つよ》い力《ちから》がみなぎっています。まるで、「だいじょうぶよ！」

そう、サオリにうったえているようでした。

大谷選手《おおたにせんしゅ》は車《くるま》いすをあっというまにコントロールし、すぐに次《つぎ》のボールにむかって走《はし》りだしました。

サオリはひきこまれるように、コートのなかのプレイを見《み》つめています。

そして、しだいしだいに胸《むね》があつくなってくるのを感《かん》じていました。

どのくらいの時間《じかん》、そのはげしい練習《れんしゅう》を見《み》ていたのでしょう。

気《き》がついたときには、大谷選手《おおたにせんしゅ》がサオリのすぐ近《ちか》くへとやってきてくれました。

「ごめんね。さっきは心配《しんぱい》かけちゃったかな？」

「あ、あの……わたしこそごめんなさい。練習《れんしゅう》のじゃましちゃって……。」

「そんなことないわよ。あれ？　もしかして、あなたもテニスの選手《せんしゅ》？」

「は、はい……。

あっちのホテルでテニスキャンプがあって……。」

「そうなの。がんばってね。」

それだけいうと、すっと車《くるま》いすを動《うご》かし、またコートへともどっていこうとしました。

サオリはあわててよびとめました。

「あの……どうしてですか？　どうして、あんなに一生懸命《いっしょうけんめい》なテニスができるんですか？　どうして、あそこまで必死《ひっし》に

なってボールを追《お》いかけるんですか？」

大谷選手《おおたにせんしゅ》はくるりとふり返《かえ》りました。そして、

「テニスが大好《だいす》きだからよ。」

そうはっきりと答《こた》えてくれたのです。

「わたしね、事故《じこ》にあって、歩《ある》くことができなくなったの。いろんなものを失《うしな》ったんだけど、でも、テニスはそんなわたしをちゃんと待《ま》っててくれたの。だから、どうしても負《ま》けたくないの。大好《だいす》きなテニスで負《ま》けちゃったら、くやしくてたまらなくなっちゃうでしょ？　それに、わたし、本気《ほんき》でパラリンピックを目《め》ざしてるの。そのためには全力《ぜんりょく》を出《だ》さなきゃいけないの。」

「パラリンピック……。」

サオリは、大谷選手《おおたにせんしゅ》のテニスへの思《おも》いに、すっかり圧倒《あっとう》されました。

「わたし、まだまだパワー不足《ぶそく》なの。だから、必死《ひっし》になって走《はし》るの。自分《じぶん》の最高《さいこう》の力《ちから》が出《だ》せる場所《ばしょ》に、できるだけはやくたどりつきたいから……。そうしたら、強《つよ》い気持《きも》ちで、思《おも》いっきり打《う》ちぬくことができるでしょ？　勝《か》つためには、それがどうしても必要《ひつよう》なの。」

「強《つよ》い気持《きも》ちで、思《おも》いっきり打《う》ちぬく……。」

そのことばは、サオリの心《こころ》のおくへとひびきわたったのでした。

「さあ、そろそろ帰《かえ》ったほうがいいわよ。ひとりでこんなとこにいると、みんな心配《しんぱい》しちゃうわよ。」

最後《さいご》にそういうと、大谷選手《おおたにせんしゅ》はさっとコートへともどっていきました。

（ひとりで……？）

サオリはとなりを見《み》ました。そこには、イチさんがあの笑《え》顔《がお》をうかべたまま、ちゃんとすわっています。

（ひとりじゃないいんだけどなあ……。）

サオリは首《くび》をかしげたのでした。

三日目《みっかめ》の練習《れんしゅう》がはじまりました。
ついに、このキャンプの最後《さいご》の練習《れんしゅう》です。
サオリのそばにはイチさんがいます。
そして、きのう以上《いじょう》に、つききりでいろんなアドバイスをしてくれています。

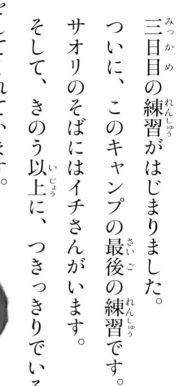

時間《じかん》がすぎるのはあっというまでした。

サオリは、もっともっと練習《れんしゅう》したい！　と、心《こころ》から思《おも》ったのでした。

「よし。キャンプのしめくくりに、またシングルスの試合《しあい》をおこなう。相手《あいて》はきのうと同《おな》じ選手《せんしゅ》だ。このキャンプでの自《じ》分《ぶん》の変化《へんか》がきっとわかるはずだ。」

中里《なかざと》コーチがそうみんなに伝《つた》えました。

（じゃあ、こんども本田《ほんだ》さんが相手《あいて》ってことなんだ……。）

ちらりと本田《ほんだ》さんのほうを見《み》ました。本田《ほんだ》さんは、すでにこわい顔《かお》になって、サオリをにらんでいるように見《み》えます。

サオリはごくりとつばをのみこんだのでした。

照《て》りつける真昼《まひる》の太陽《たいよう》のした、試合《しあい》の順番《じゅんばん》が回《まわ》ってきました。

サオリは不安《ふあん》にかられ、イチさんの姿《すがた》をさがしました。

イチさんなら、なにか試合《しあい》にむけてのアドバイスをしてくれるはずです。

けれど、さっきまで近《ちか》くにいたはずなのに、今《いま》はもう姿《すがた》が見《み》えません。

（どうしてなの……。）

この前《まえ》のみじめな試合《しあい》を思《おも》い出《だ》し、サオリは体《からだ》がふるえてきました。また、なみだが流《なが》れそうになりました。

そのときです。イチさんのあの声《こえ》が聞《き》こえたのです。

サオリはびっくりしてあたりを見《み》まわしました。

けれど、コートにいるのは、試合相手《しあいあいて》の本田《ほんだ》さんと審判《しんぱん》だけです。

『……サオリくん。ボクのコーチはここまでだよ。きみと出《で》会《あ》えて、とっても楽《たの》しかったよ……。』

イチさんの声《こえ》はたしかにそういっています。

「ちょっと待《ま》って、イチさん。どこかにいっちゃうの？　もう会《あ》えないの？」

サオリはあわてて話《はな》しかけます。だって、さよならもいっていないのです。

『……きっと、また会《あ》えるよ。きみが世界《せかい》の晴《は》れぶたいに立《た》ったとき、ボクはまたやってくるからね……。』

試合開始《しあいかいし》のコールがひびきました。

もう、イチさんの声《こえ》は聞《き》こえません。

サオリは大《おお》きく深呼吸《しんこきゅう》をしました。

そうです。サオリには、自分《じぶん》がするべきことがわかっていました。

車《くるま》いすテニスのことが頭《あたま》をよぎります。

イチさんはわたしのために、大谷選手《おおたにせんしゅ》と会《あ》わせてくれたのだと思《おも》いました。
（わたしもテニスが大好《だいす》きだもん。だから……ぜったいに負《ま》けない！）

本田《ほんだ》さんがするどいサーブを打《う》ちこんできました。

たて回転《かいてん》がかかった、小学生《しょうがくせい》ばなれしたサーブです。

けれど、サオリはすばやくステップをふみ、ぐいとボールに近《ちか》づきました。

(強《つよ》い気《き》持《も》ちで、思《おも》いっきり打《う》ちぬく!)

そして、ボールが大《おお》きくはねあがろうとする、まさにそのしゅんかんをとらえ、両手《りょうて》打《う》ちのバックハンドで、力《ちから》いっぱいに打《う》ちぬいたのです。

そう。大谷選手《おおたにせんしゅ》が話《はな》してくれた、勝《か》つための打《う》ちかたです。

本田《ほんだ》さんはそのボールに追《お》いつくことはできません。ポイントをとられ、くちびるをかみながら、じっとサオリを見《み》ています。

けれどサオリはもう目《め》をそらしません。

パラリンピックを目《め》ざす大谷選手《おおたにせんしゅ》のように、相手《あいて》をしっかりと見《み》すえました。

サオリは次《つぎ》のサーブにそなえます。

軽《かる》くジャンプし、こしをおとし、両手《りょうて》でラケットをかまえました。

「さあ、こい！」

サオリは、そう力強《ちからづよ》くさけんだのでした。

とうとう夏休《なつやす》みジュニア・テニスキャンプが終《お》わりました。

あとは、閉会式《へいかいしき》がのこっているだけです。

サオリはホテルのロビーにやってきました。

ロビーを見《み》まわすサオリの顔《かお》は、とてもすがすがしいものでした。

本田《ほんだ》さんとの試合《しあい》は最後《さいご》の最後《さいご》で、負《ま》けてしまいましたが、でも、1時間《じかん》ちかくもつづいた熱戦《ねっせん》でした。

(イチさんにはじめて会《あ》ったのは、たしかあそこだったよね……。)

サオリはロビーのなかほどへとすすみました。そこには、あのときサオリがぶつかったかざり棚《だな》があります。

棚《たな》のなかをのぞきこんだサオリは、思《おも》わず立《た》ちつくしてしまいました。

棚《たな》のいちばん上《うえ》には、木製《もくせい》の古《ふる》いラケットがかざってあります。
そして、そのラケットの横《よこ》にはセピア色《いろ》の写真《しゃしん》が立《た》てかけてあったのです。
写真《しゃしん》には、ラケットをかまえ、おだやかな笑《え》みをうかべた選手《せんしゅ》がうつっています。

「イチさん……。」

そうです。その選手《せんしゅ》のやさしげなおもかげは、まちがいなくイチさんだったのです。

「これって、いったいどういうこと？　イチさんっていったい……？」

サオリは思《おも》い出《だ》していました。
コートのなかを歩《ある》きまわるイチさんに、だれも文句《もんく》をいいませんでした。
もしかしたらそれは、イチさんの姿《すがた》が見《み》えなかったからなのではないでしょうか。
（そういえば、大谷選手《おおたにせんしゅ》もイチさんに気《き》づいてなかった……。）
だから、サオリがひとりでやってきたと思《おも》ったのでしょう。
（イチさんって、ゆうれい……？）
そう思《おも》いいたったときでした。後《うし》ろから、はずむような声《こえ》がひびきました。

「きみ、イチさんっていったよね？　もしかしてきみも、ここでイチさんにあったの？」

ふり返《かえ》ったサオリは、あっけにとられてしまいました。

そこにいたのは、なんと、プロテニスプレイヤーの立花良介《たちばなりょうすけ》選手《せんしゅ》だったからです。

(サプライズゲストのうわさって、本当《ほんとう》だったんだ……。)

立花選手《たちばなせんしゅ》の前《まえ》で、サオリはすっかりどぎまぎしています。

「おいおい、そんなに緊張《きんちょう》しないでよ。さっきは、あんなすごい試合《しあい》をしてたじゃない。」

どうやら立花選手《たちばなせんしゅ》は、コートでの試合《しあい》を見《み》てくれていたようです。

そのことばに、サオリはさらにうろたえてしまいました。

「オレも昔《むかし》ね、ちょうどきみぐらいのとき、ここのテニスキャンプでイチさんに会《あ》ったんだよ。いろいろ教《おそ》わったなあ……。」

立花選手《たちばなせんしゅ》は、イチさんの写真《しゃしん》をなつかしそうにのぞきこんでいます。

「イチさんってね、世界《せかい》でも有名《ゆうめい》なテニス選手《せんしゅ》だったんだよ。ずっと昔《むかし》、オリンピックにも出場《しゅつじょう》して、日本《にっぽん》のテニスのすごさを世界中《せかいじゅう》に広《ひろ》めてくれたすごい人《ひと》なんだ。」

「あ、あの……。」

サオリはようやく声《こえ》をしぼり出《だ》しました。

「立花《たちばな》さんは……おとなになって、イチさんに会《あ》ったことがあるんですか？」

「そのことなんだけどね。きみにもイチさんは話《はな》したんじゃないのかな？　世界《せかい》の晴《は》れぶたいに立《た》ったとき、また会《あ》うことができるって。」

立花選手《たちばなせんしゅ》は笑顔《えがお》をうかべました。

「だから、オレ、ぜったいオリンピックに出《で》るつもりなんだ。そうしたら、きっとまた、イチさんに会《あ》えると思《おも》ってるんだ。」

「オリンピック……。」

立花選手《たちばなせんしゅ》は、次《つぎ》のオリンピックの最有力候補《さいゆうりょくこうほ》です。かならずメダルがとれるとみんなに期待《きたい》されています。

（いいなあ。わたしもオリンピックに出《で》たいなあ……。）

サオリは心《こころ》のそこから思《おも》いました。

そんなサオリのむねのうちがわかったみたいに、

「イチさんはきっと待《ま》ってるよ。ぜったいに！」

立花選手《たちばなせんしゅ》はあたたかいはげましの声《こえ》をかけてくれたのでした。

何年《なんねん》もの年月《としつき》が流《なが》れました。

試合《しあい》のはじまりを待《ま》つサオリは、あの夏《なつ》のテニスキャンプでのことをまた思《おも》い出《だ》していました。

ようやくサオリはここにくることができました。まわりにはおおぜいの観客《かんきゃく》が待《ま》ちかまえています。

審判《しんぱん》のコールがかかりました。

サオリは大《おお》きく息《いき》をはき、ネットのむこうの相手《あいて》を見《み》ました。

強敵《きょうてき》です。きっと長《なが》い長《なが》い試合《しあい》になることでしょう。でも、サオリはひとかけらの不安《ふあん》も感《かん》じていません。

そのとき、あの日《ひ》に聞《き》いたイチさんの声《こえ》が、コートにひびきわたったような気《き》がしました。

サオリはラケットをぎゅっとにぎりしめました。そして、

「さあ、こい！」

力強《ちからづよ》い声《こえ》をあげたのでした。

テニスのまめちしき

オリンピック&《アンド》パラリンピックをもっとたのしむために

日本《にほん》スポーツ界《かい》で初《はつ》の五輪《オリンピック》メダル

日本《にっぽん》のテニス競技《きょうぎ》の歴史《れきし》は古《ふる》く、日本《にほん》スポーツ界《かい》における初《はじ》めてのオリンピックメダリストはテニス選手《せんしゅ》の熊谷一弥《くまがいいちや》でした。

熊谷一弥《くまがいいちや》は一九二〇年《ねん》のアントワープオリンピックで男子《だんし》シングルス、ダブルスともに銀《ぎん》メダルをかくとくしました。オリンピック以外《いがい》に、全米選手権《ぜんべいせんしゅけん》でも日《に》本人《ほんじん》テニス選手《せんしゅ》として初《はじ》めてベスト4《フォー》に進出《しんしゅつ》した伝説《でんせつ》のテニス選手《えんしゅ》です。

二〇二〇年《ねん》は、熊谷一弥《くまがいいちや》のオリンピックでの活躍《かつやく》からちょうど百年後《ねんご》にあたります。記念《きねん》すべき年《とし》に日本《にっぽん》で行《おこな》われるオリンピックで、錦織圭《にしこりけい》選手《せんしゅ》や、大坂《おおさか》なおみ選手《せんしゅ》など、日本人選手《にほんじんせんしゅ》の活躍《かつやく》に期待《きたい》したいですね。

テニス選手《せんしゅ》に必要《ひつよう》な「強《つよ》い気《き》持《も》ち」

サオリが大谷選手《おおたにせんしゅ》から学《まな》んだのは、強《つよ》い気《き》持《も》ちでした。

テニス選手《せんしゅ》は試合中《しあいちゅう》にミスをすると、イライラしたり弱気《よわき》になったりと、ネガティブな精神状態《せいしんじょうたい》になり負《ま》けてしまうことがよくあります。自信《じしん》がないと、強《つよ》く打《う》ちぬくことができず、回転《かいてん》がかからなくなったり、コントロールを失《うしな》ってミスが続《つづ》いたりと、負《ふ》のれんさにおちいってしまうのです。

プロの選手《せんしゅ》でも試合中《しあいちゅう》にさけんだり、

ラケットを叩《たた》きつけたりすることもめずらしくありません。たったひとりで何時間《なんじかん》も戦《たたか》わなくてはならないため、強《つよ》い気持《きも》ちを保《たも》つ力《ちから》がとくにたいせつなのです。

ますます人気《にんき》の車《くるま》いすテニス

日本《にっぽん》は２００８年《ねん》の北京《ペキン》大会《たいかい》、２０１２年《ねん》ロンドン大会《たいかい》の男子《だんし》シングルスで金《きん》メダルをかくとくした国枝慎吾《くにえだしんご》や、２０１６年《ねん》のリオデジャネイロ大会《たいかい》で女子《じょし》シングルス銅《どう》メダルに輝《かがや》いた上地結衣《かみじゆい》などがいる、車《くるま》いすテニス強豪国《きょうごうこく》です。

車《くるま》いすテニスは、一般的《いっぱんてき》なテニスとほぼ同《おな》じルールですが、２《ツー》バウンドで打《う》ち返《かえ》しても良《よ》いのがいちばんのちがいです。

車《くるま》いすテニスならではの見《み》どころは、「チェアワーク」と呼《よ》ばれる高度《こうど》な車《くるま》いすの運転《うんてん》ぎじゅつです。車《くるま》いすは横移動《よこいどう》ができないので、すばやく車《くるま》いすを回転《かいてん》させて、まわりこんでボールを打《う》ち返《かえ》す、あざやかなプレーは、はくりょく満点《まんてん》です。

速《はや》く動《うご》いても倒《たお》れにくい八の字型《じがた》がとくちょうの車《くるま》いすは、選手《せんしゅ》の体型《たいけい》や動《うご》きのくせにあわせてすべてオーダーメイドでつくられています。

ルールがわかりやすくて、やくどう感《かん》あふれる熱《あつ》い戦《たたか》いがくり広《ひろ》げられる車《くるま》いすテニスは、世界《せかい》でも注目《ちゅうもく》が高《たか》まる人気競技《にんききょうぎ》となっています。

福田隆浩｜ふくだたかひろ

長崎県の特別支援学校勤務。『この素晴らしき世界に生まれて』（小峰書店）で、第2回日本児童文学者協会長編児童文学新人賞受賞。『熱風』で、第48回講談社児童文学新人賞佳作受賞。『ひみつ』が第50回野間児童文芸賞最終候補作に、『ふたり』が第60回青少年読書感想文全国コンクール課題図書に、『幽霊魚』が第28回読書感想画中央コンクール指定図書に、『香菜とななつの秘密』が2018年度厚生労働省社会保障審議会推薦児童福祉文化財に選ばれる。その他、「おなべの妖精一家」シリーズ、『手紙　ふたりの奇跡』（以上、講談社）など。

pon-marsh｜ぽんまーしゅ

イラストレーター。装画に「下京区花屋梅小路上ル　京極荘と百匹のうた猫」シリーズ（由似 文／著 メディアワークス文庫）、挿画・さし絵に『アルプスの少女ハイジ』（J.シュピリ／作　那須田 淳／文 ポプラ社）など多数。

ブックデザイン／脇田明日香

巻末コラム／編集部

スポーツのおはなし　テニス

テニスキャンプをわすれない！

2020年1月14日　第1刷発行

作　福田隆浩《ふくだたかひろ》

絵　pon-marsh《ぽんまーしゅ》

発行者　渡瀬昌彦

発行所　株式会社講談社

〒112-8001 東京都文京区音羽2-12-21

電話　編集 03-5395-3535　販売 03-5395-3625　業務 03-5395-3615

印刷所　共同印刷株式会社

製本所　島田製本株式会社

N.D.C.913 79p 22cm ©Takahiro Fukuda / pon-marsh 2020 Printed in Japan ISBN978-4-06-518327-4